Au fond de l'océan

Pour Elisabeth Marie, puisses-tu toujours
avoir cette faculté de t'émerveiller.

- M.B. -

Aux enfants, enseignants, parents et membres du personnel
de la Columbus School for Girls. Merci pour ces dix ans remplis de joie,
de créativité et d'infinies possibilités.

- J.C. -

L'auteure tient à remercier le Florida Oceanographic Coastal Center
de l'aide apportée dans la révision de son manuscrit.

Catalogage avant publication de Bibliothèque et Archives Canada

Berkes, Marianne Collins

Au fond de l'océan / Marianne Berkes; illustrations de Jeanette Canyon; texte français de Caroline Ricard.

Traduction de : Over in the Ocean, in a Coral Reef.

Pour les 3-8 ans.

ISBN 0-439-94098-2

I. Canyon, Jeanette, 1965- II. Ricard, Caroline, 1978- III. Titre.

PZ23.B474Au 2006   j813'.54   C2006-900325-4

Édition publiée par les Éditions Scholastic, 604, rue King Ouest, Toronto (Ontario) M5V 1E1,
avec la permission de Dawn Publications.

5 4 3 2 1   Imprimé au Canada   06 07 08 09

Conception graphique et production par Jeanette et Christopher Canyon.

Illustrations originales photographiées par Jeff Rose.

Au fond de l'océan

Marianne Berkes   Illustrations de Jeanette Canyon

Texte français de Caroline Ricard

Éditions SCHOLASTIC

Au fond de l'océan,
très loin du soleil,
vit une maman pieuvre
avec un petit.

– Lance ton encre! dit la maman.
– Oui, maman! dit son petit.
Alors il lance son encre
très loin du soleil,
au fond de l'océan.

Au fond de l'océan,
là où poussent les algues,
vit une maman poisson-perroquet
avec deux petits.

– Grugez! dit la maman.
– Oui, maman! disent ses petits.
Alors ils grugent le corail,
là où poussent les algues,
au fond de l'océan.

Au fond de l'océan,
dans une anémone de mer,
vit une maman poisson-clown
avec trois petits.

– Foncez! dit la maman.
– Oui, maman! disent ses petits.
Alors ils foncent de tous côtés
dans une anémone de mer,
au fond de l'océan.

Au fond de l'océan,
sur le sol marin,
vit une maman raie
avec quatre petits.

– Gigotez bien! dit la maman.
– Oui, maman! disent ses petits.
Alors ils gigotent bien
sur le sol marin,
au fond de l'océan.

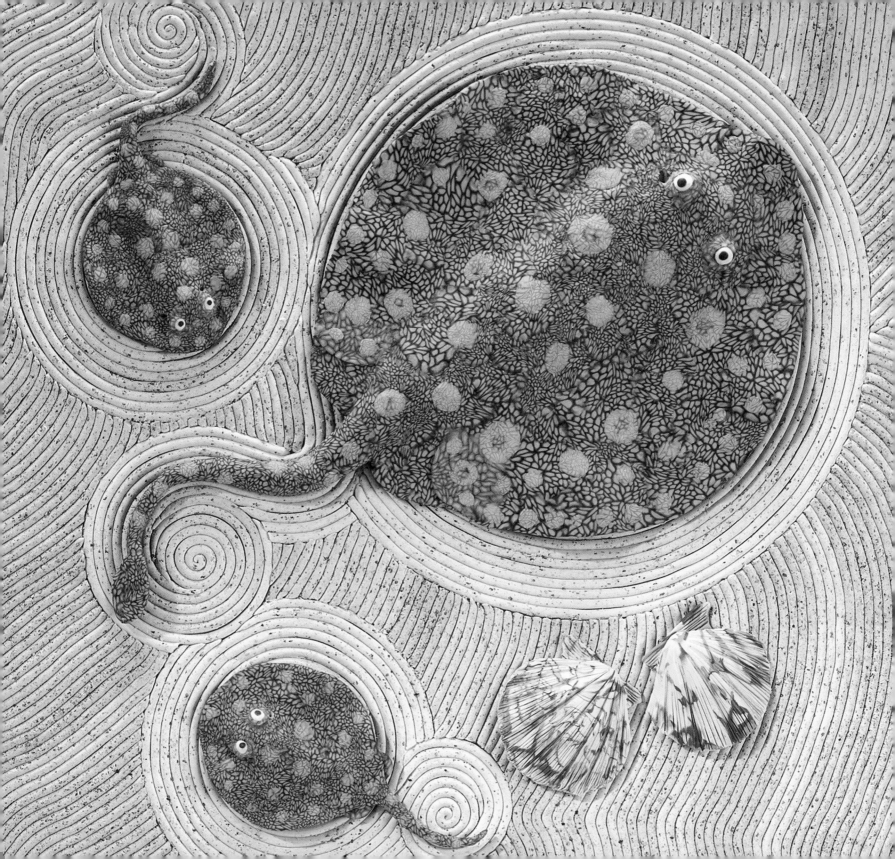

Au fond de l'océan,
là où vont les plongeurs,
vit une maman poisson-ballon
avec cinq petits.

– Gonflez-vous! dit la maman.
– Oui, maman! disent ses petits.
Alors ils se gonflent,
là où vont les plongeurs,
au fond de l'océan.

Au fond de l'océan,
près du récif,
vit une maman dauphin
avec six petits.

– Faites des culbutes! dit la maman.
– Oui, maman! disent ses petits.
Alors ils font des culbutes
près du récif,
au fond de l'océan.

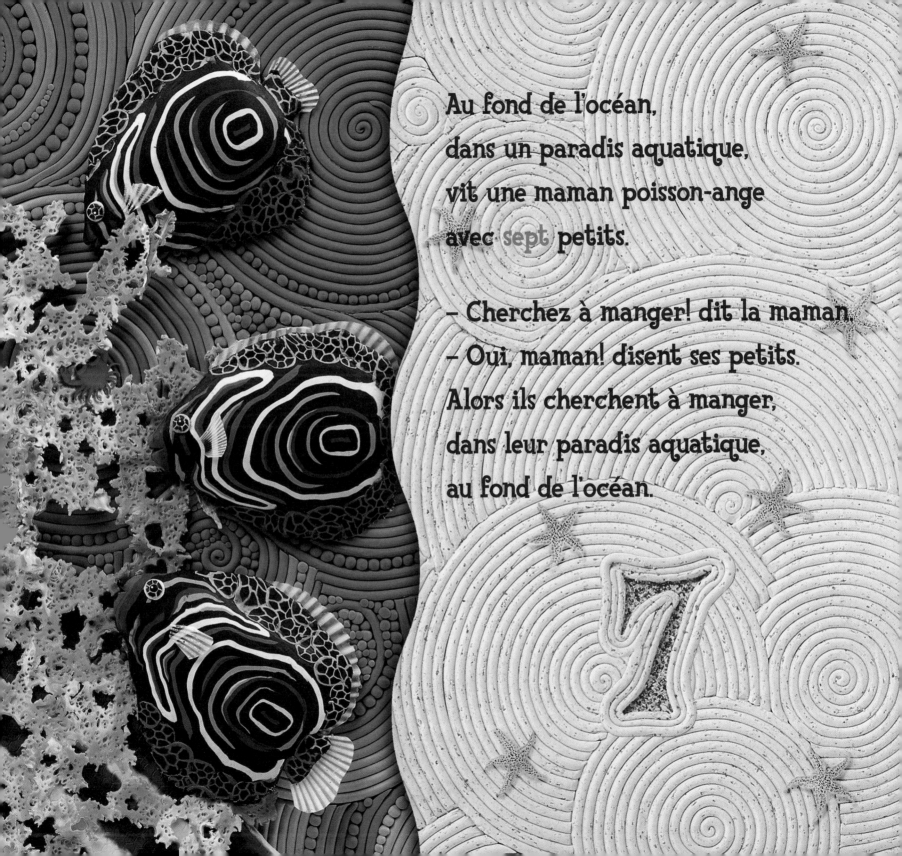

Au fond de l'océan,
dans un paradis aquatique,
vit une maman poisson-ange
avec sept petits.

– Cherchez à manger! dit la maman.
– Oui, maman! disent ses petits.
Alors ils cherchent à manger,
dans leur paradis aquatique,
au fond de l'océan.

Au fond de l'océan,
très longue et élancée,
vit une maman orphie
avec huit petits.

– Filez tout droit! dit la maman.
– Oui, maman! disent ses petits.
Alors ils filent tout droit,
tous très longs et élancés,
au fond de l'océan.

Au fond de l'océan,
dérivant tout doucement,
vit une maman poisson-grondeur
avec neuf petits.

– Grondez! dit la maman.
– Oui, maman! disent ses petits.
Alors ils grondent
en dérivant tout doucement
au fond de l'océan.

Au fond de l'océan,
parmi les plantes vertes,
vit un papa hippocampe
avec dix petits.

– Barbotez! dit le papa.
– Oui, papa! disent ses petits.
Alors ils barbotent gaiement
parmi les plantes vertes,
au fond de l'océan.

Au fond de l'océan,
là où s'amusent les créatures marines,
pendant que les parents se reposent
les petits s'éloignent en nageant.

– Comptez-nous, disent leurs petits,
de dix à un, puis de un à dix!
Quand vous nous aurez tous comptés,
l'histoire sera terminée!

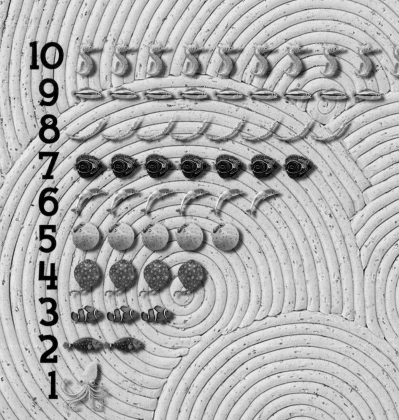

10
9
8
7
6
5
4
3
2
1

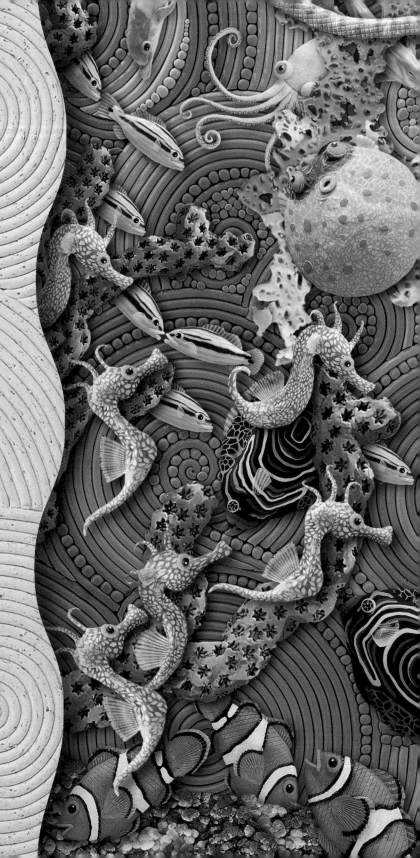

Combien de petits ont-ils réellement?

Habituellement, beaucoup! Le comportement des animaux qui habitent un récif de corail est très semblable à celui des animaux présentés dans cette histoire. Cependant, le nombre de petits qu'ils ont en réalité est très différent.

En effet, seulement quelques-uns d'entre eux (comme les dauphins) sont des mammifères. Ils n'ont alors qu'un ou deux petits à la fois et s'en occupent avec attention. La plupart des autres créatures marines se reproduisent en pondant des milliers et même des centaines de milliers d'œufs à la fois. Par exemple, la pieuvre qui vit sur la côte ouest de la Floride en pond plus de 200 000. Ils forment de longs filets qui s'attachent aux rochers du récif. Leur maman les surveille jusqu'à ce qu'ils éclosent, puis elle meurt et les bébés doivent apprendre à se débrouiller seuls. L'hippocampe entretient, lui aussi, une relation très spéciale avec ses œufs. Tu pourras en apprendre davantage sur ces créatures dans la section intitulée Les animaux du récif que tu as vus dans ce livre.

De façon générale, plus les petits sont nombreux, moins les parents en prennent soin. Ainsi, puisque très peu d'entre eux veillent sur leurs œufs ou protègent leurs petits, ces derniers sont souvent livrés à eux-mêmes, et quelques-uns seulement survivent et atteignent l'âge adulte. La nature a décidément plusieurs façons d'assurer la survie des différentes espèces!

La colonie d'un récif de corail

Savais-tu que le polype de corail est un minuscule être vivant et que c'est à lui que l'on doit l'existence de la colonie tout entière du récif? Même si les polypes de corail ressemblent à des plantes, ce sont en fait de petits animaux qui s'agrippent aux surfaces dures et produisent du calcaire afin de protéger leur corps. D'autres polypes poussent et permettent au récif de corail de se développer. Ce jardin sous-marin devient à son tour l'habitat d'une superbe diversité d'espèces marines. Les récifs de corail sont donc, d'une certaine manière, les forêts tropicales de la mer. Mais les récifs, eux, prennent des milliers d'années à se former. Or, il y a quand même des gens qui les détruisent au lieu de les protéger.

Les petits poissons

Les petits poissons dans l'eau
Nagent, nagent, nagent, nagent, nagent,
Les petits poissons dans l'eau
Nagent aussi bien que les gros.
Les petits, les gros
Nagent comme il faut.
Les gros, les petits
Nagent bien aussi.

Les animaux du récif que

La pieuvre est munie de huit longs bras appelés tentacules qui sont fixés à sa tête et entourent son bec. Chaque tentacule porte deux rangées de ventouses qui permettent à l'animal de s'agripper solidement. La pieuvre n'a pas d'os, mais son cerveau relativement gros fait probablement d'elle la créature la plus intelligente de l'ordre des invertébrés (sans colonne vertébrale). Lorsque la pieuvre se sent menacée par un ennemi, elle souffle dans l'eau une encre noire provenant d'une poche à l'intérieur de son corps. Le nuage sombre qui est alors créé lui permet de fuir le danger. Pour se déplacer, elle projette dans une direction un jet d'eau qui la propulse dans le sens opposé. La pieuvre vit dans plusieurs zones de l'océan et aime se cacher dans les crevasses des récifs de corail.

Le poisson-perroquet vit principalement dans les récifs de corail situés dans des eaux peu profondes. Ses couleurs sont plutôt ternes lorsqu'il est jeune, mais elles deviennent peu à peu presque aussi éclatantes que celles de l'oiseau auquel il doit son nom. Ce poisson change de sexe en vieillissant. Ses dents très collées forment un « bec » qui lui permet d'arracher et de broyer des morceaux de corail.

Le poisson-clown vit parmi les magnifiques anémones de mer. L'anémone ressemble à une fleur dont les pétales ondulent au gré de l'eau. Ces pétales sont en fait des tentacules empoisonnés qui paralysent les proies dont se nourrit cet animal. Mais l'anémone ne peut pas faire de mal au poisson-clown parce que le corps de celui-ci est recouvert d'une substance visqueuse qui le protège. Ce petit poisson très coloré passe la plus grande partie de sa vie à nager de tous côtés dans les anémones de mer, attirant ainsi des prédateurs que mangeront les anémones. Le poisson-clown vit seulement dans l'océan Pacifique.

La raie ressemble à un disque plat et ondulé muni d'une longue queue. Lorsqu'elle nage, elle est si gracieuse qu'on dirait presque qu'elle vole dans l'eau. En remuant les fonds marins sablonneux avec ses nageoires, elle découvre les vers, moules et petits crustacés dont elle se nourrit. Elle est très difficile à distinguer lorsqu'elle est étendue sur le sable, mais tu peux la faire fuir en traînant les pieds. Sa queue est pourvue de deux rangées d'épines qu'elle utilise pour se défendre et qui peuvent causer de sérieuses blessures.

Le poisson-ballon, comme son nom le laisse deviner, a la capacité de faire gonfler son corps en avalant de grandes quantités d'air ou d'eau jusqu'à ce qu'il ressemble à un ballon. Lorsqu'il se remplit d'air, il flotte tout simplement à la surface, mais il ne peut pas se remettre à nager tant qu'il n'a pas rejeté l'air. Ce poisson est un nageur très maladroit qu'on retrouve communément dans les récifs de corail, où il peut se nourrir d'oursins et de crustacés grâce à ses dents très dures. Quelques espèces de poissons-ballons sont très toxiques et ne peuvent pas être mangées par l'humain.

tu as vus dans ce livre

Le dauphin est un mammifère qui nourrit les petits qu'il met au monde, contrairement à la majorité des poissons qui, eux, pondent des œufs. Le dauphin à gros nez (ou souffleur) que l'on retrouve dans ce livre est souvent aperçu non loin des récifs de corail. Il possède un museau pointu, une tête bombée et un corps élancé. Comme tous les mammifères, le dauphin respire de l'air. Lorsqu'il remonte à la surface pour respirer, il en profite souvent pour s'amuser à plonger et à sauter, au grand plaisir de ses spectateurs!

Le poisson-ange possède un corps mince et plat aux couleurs éclatantes. Amical et curieux, il nage souvent à la rencontre des plongeurs. Il se confond aussi avec les plantes aquatiques et les gorgones (une sorte de corail) lorsqu'il cherche à manger parmi les récifs. Parce qu'il est considéré comme le plus beau de tous les poissons, le poisson-ange est souvent vendu pour embellir les aquariums. Il en existe plusieurs espèces aux couleurs et aux motifs très variés. L'espèce illustrée dans ce livre est le poisson-ange empereur, qu'on a peut-être nommé ainsi en raison de son apparence si majestueuse.

L'orphie est reconnaissable à son corps long et mince. Quelques espèces atteignent 1,5 mètre de long. L'orphie a une mâchoire qui ressemble à un bec, dans laquelle on retrouve de grandes dents pointues. À une certaine étape, au cours de leur croissance, la plupart des orphies ne possèdent qu'un « demi-bec », car la mâchoire du bas se développe beaucoup plus rapidement que celle du haut. Les orphies nagent en petits bancs et sont plus actives la nuit. Elles se tiennent généralement à la surface de l'eau, qu'elles effleurent à la poursuite de petits poissons.

Le grondeur est un poisson tropical possédant une tête relativement grosse et un corps oblong orné de rayures jaunes. Il en existe environ 150 espèces différentes. Le grondeur tient son nom du bruit semblable à un grondement qu'il fait en se frottant les dents les unes contre les autres. Le grondeur se laisse dériver au-dessus des récifs et des rochers, et reste souvent en formation dans de petits ou de grands bancs de ses semblables. Les membres de certaines espèces « s'embrassent » en s'approchant l'un de l'autre, la bouche grande ouverte. On pense que c'est un moyen de séduction.

L'hippocampe est l'un des poissons les plus étranges. Sa tête et son cou lui donnent l'allure d'un cheval. Lorsque la maman hippocampe a pondu ses œufs, le papa les transporte dans sa poche jusqu'à ce qu'ils éclosent. L'hippocampe, bien droit, se déplace à l'aide de sa nageoire dorsale et des nageoires latérales qu'il a de chaque côté de sa tête, ainsi que de sa queue qui lui sert de propulseur. Il doit battre des nageoires des milliers de fois pour avancer de quelques centimètres seulement. Il compte sur le camouflage pour échapper à ses prédateurs et enroule sa queue autour des herbes aquatiques lorsqu'il désire rester immobile.

Conseils de l'auteure

J'espère que vous lirez souvent « Au fond de l'océan » et que vous y découvrirez chaque fois quelque chose de nouveau et d'excitant. La plus belle récompense pour un auteur ou un conteur qui travaille avec les enfants est de les entendre s'écrier : « Encore! » Vous pourrez utiliser ce livre dans le cadre de nombreuses activités. Voici quelques suggestions.

En plus de compter les créatures marines principales, l'enfant peut trouver et dénombrer les autres plantes et animaux peuplant les récifs coralliens. Il peut également dessiner et découper ses propres créatures marines, puis les coller sur des bâtons. Les marionnettes ainsi créées lui permettront de mimer le récit lors de sa lecture. À la fin, toutes les créatures pourront être tenues à bout de bras afin de recréer un récif de corail.

Voici une activité que j'ai écrite spécialement pour ce livre. Pendant que vous lisez l'histoire, invitez l'enfant à faire différents gestes à l'aide de ses doigts et de ses mains afin de reproduire les mouvements des poissons :

- La pieuvre lance de l'encre : Pressez les mains comme si vous vouliez faire jaillir quelque chose.
- Le poisson-perroquet gruge le corail : Placez les pouces sous les doigts et bougez d'avant en arrière.
- Le poisson-clown fonce de tous côtés : Joignez les mains comme pour prier et bougez rapidement d'avant en arrière.
- La raie remue le sable : Serrez les deux poings et bougez-les dans un mouvement circulaire.
- Le poisson-ballon se gonfle : Formez un ballon en réunissant le bout des doigts, puis ouvrez et fermez.
- Le dauphin saute et fait des culbutes : Formez un dauphin avec vos mains et faites-le sauter, puis faites tourner vos mains pour simuler une culbute.
- Le poisson-ange cherche à manger : Joignez de nouveau les mains comme pour prier, mais, cette fois, bougez tout doucement.
- L'orphie nage en effleurant la surface de l'eau : Étendez les bras droit devant, puis séparez-les et agitez les doigts comme si vous effleuriez doucement l'eau.
- Le grondeur gronde et embrasse ses semblables : Placez les pouces sous les autres doigts, puis frottez-les les uns contre les autres. Ensuite, pointez les doigts les uns vers les autres en imitant un baiser.
- L'hippocampe bat des nageoires : Bougez les doigts comme si vous jouiez du piano.

Bien sûr, la meilleure activité d'entre toutes consisterait à emmener l'enfant visiter un récif de corail ou un aquarium près de chez vous. Il pourrait alors y observer plusieurs des merveilleuses créatures présentées dans cet album.

Conseils de l'illustratrice

Les illustrations de cet album sont entièrement réalisées en argile de polymère. En tant qu'illustratrice de livres et ancienne professeure d'arts œuvrant dans le domaine de la petite enfance, je travaille énormément avec ce matériau merveilleux, convivial, flexible et très coloré qui fait le plaisir des adultes autant que celui des enfants. Tout comme ces derniers, j'adore créer de mes mains des œuvres composées d'une batterie de couleurs, motifs et textures. C'est mon côté artiste.

Mon atelier ressemble beaucoup à une cuisine. L'argile y est conservée dans un réfrigérateur. (Je devrais dire « argile de polymère », puisque cette matière n'est pas comme l'argile issue de la terre, même si elle en partage quelques propriétés.) Je dispose aussi d'un éventail d'outils me permettant de façonner différentes formes, dont une machine à pâtes, un robot culinaire, des outils pour décorer les gâteaux ainsi que d'autres ustensiles. J'ai aussi un four où sont cuites les illustrations une fois assemblées. Dans leur forme originale, ces dernières sont ce que l'on appelle dans le domaine des arts un « relief ». Cette technique désignant les œuvres composées de pièces sculptées et surgies d'une surface plane satisfait à la fois mon amour de la peinture et de la sculpture. Les reliefs sont photographiés en prêtant une attention particulière à l'éclairage afin de créer l'effet de double dimension que l'on retrouve dans l'album.

L'argile de polymère offre aux enfants une façon unique de communiquer leurs idées ainsi que d'apprendre et d'expérimenter les mélanges de couleurs. Une multitude de teintes sont disponibles dans les boutiques d'arts et de loisirs (y compris les transparentes et celles qui brillent dans le noir). Je vous suggère toutefois de faire des essais avec quelques outils et mélanges de couleurs en présence de votre enfant, ce qui l'incitera à exprimer ses propres approches créatives.

Retrouvez le poisson-clown au début de l'album. Voyez-vous les petites écailles sur son corps? J'ai obtenu cette texture en pressant dans l'argile un filet qui contenait à l'origine des tomates cerises.

L'hippocampe sur la page couverture est composé de petites pièces aux motifs évoquant ceux d'un kaléidoscope. J'ai coupé en rondelles minces des bâtonnets d'argile de différentes couleurs que j'avais réunis.

J'ajoute parfois des objets à l'argile afin de créer des effets spéciaux. Regardez bien le décor dans lequel sont mises en scène les raies. J'ai créé l'illusion de sable en incorporant du poivre moulu à l'argile. Ça m'a fait éternuer!

La recherche joue un rôle important dans les œuvres que je crée. Ainsi, je visite les bibliothèques, zoos, musées et autres endroits susceptibles de m'apprendre des choses sur le sujet que j'ai à traiter. Ma manière favorite de faire des recherches est de me rendre dans la nature. Dans le cadre de ce projet, j'ai exploré un récif de corail. Quelle aventure!